너 하나만 보고 싶었다

너 하나만 보고 싶었다

2021년 3월 23일 초판 1쇄 펴냄
2021년 10월 15일 초판 2쇄 펴냄
2022년 8월 20일 초판 3쇄 펴냄
2022년 9월 7일 초판 4쇄 펴냄
2022년 10월 3일 초판 5쇄 펴냄
2024년 12월 1일 초판 6쇄 펴냄

지은이 _ 나태주
펴낸이 _ 양문규
펴낸곳 _ 詩와에세이

신고번호 _ 제2017-000025호
주   소 _ (30021) 세종특별자치시 조치원읍 충현로 159,
            상가동 107-1호
대표전화 _ (044)863-7652, 070-8877-7653
팩시밀리 _ 0505-116-7653
휴대전화 _ 010-5355-7565
전자우편 _ sie2005@naver.com
공 급 처 _ 한국출판협동조합
주문전화 _ (02)716-5616
팩시밀리 _ (031)944-8234~6

시에시선 **041**

너 하나만 보고 싶었다

나태주 시집

詩와에세이

시인의 말

본래 시집 이름은 '그럼에도 불구하고'였다. 시집을 정리할 때 내가 붙인 이름이다. 그럼에도 불구하고. 네버더레스(nevertheless). 앞부분의 부정적인 상황을 뒤집는 말이 '그럼에도 불구하고'다.

이미 판이 기울었거나 나빠졌지만 거기에 멈추지 않고 다시 시작해보자 용기를 낼 때 나오는 말이 '그럼에도 불구하고'다. 나는 언제부터인가 이 말을 좋아하고 자주 써왔다. 그만큼 내가 처한 여러 가지 사정들이 좋지 않았던 탓이다.

그것은 내 개인의 형편만 그런 것이 아니다. 오늘날 우리가 살아가는 세상, 하루하루는 그 무엇도 녹록하지 않다. 위태위태 살얼음판이다. 포기하고 싶지만 포기하지 말아야 한다. 바닥이 난 그 지점에서라도 다시 시작해야 한다. 그러기에 오늘날 젊은이들 입에서는 '포기하지 않는 것도 능력이다'란 말이 나돌고 있다.

이러한 정황 속에서 나의 시는 여전히 '짧고 단순하고 쉽고 임팩트 있게'에 의존해서 쓰여진다. 2020년 코로나

19 기간 동안에 쓰여진 시편들이다. 좀 과하게 썼다. 밖에서 오는 자극이 강하고 복잡해서 그리 되었노라 변명 아닌 변명을 해본다.

실상 내가 바라는 반응이나 변화는 아주 작은 것이다. 한 마리 나비의 나랫짓이거나 벌레의 울음소리 같은 것이다. 이것들이 독자들에게 가서는 큰 울림이 되시기를 소망한다.

이 시집의 시편들은 우선 양문규 시인이 주재하는 문예지 『시에』에 1년 동안 연재되었던 원고들이다. 그때도 역시 양문규 시인의 후의에 의한 것이었는데 시집 출간도 양문규 시인의 보살핌에 의한 것이다. 오래된 우정에 감사드리며 시집 이름 『너 하나만 보고 싶었다』는 양문규 시인이 달아준 이름표이다. 나에게도 고맙지만 독자들에게도 고마운 일이 되기를 바란다.

2021년 새봄에
나태주

차례

제2부 춥다, 가까이 오라

제3부 봄이 온다, 네가 온다

제4부 그는 다름 아닌 나였다

제5부 세상이 환해졌으면 좋겠다

제1부

네 생각으로 꽃이 핀다

외로움

맑은 날은 먼 곳이 잘 보이고
흐린 날은 기적소리가 잘 들렸다

하지만 나는 어떤 날에도
너 하나만 보고 싶었다.

붓꽃

별 보면 설레는 마음
너 혼자만 갖지 말고
나한테도 좀 나누어주렴.

다짐

새로 봄이 오면
꽃을 많이 심어야지
그러면 마음이
조금 환해지고

새해에도 너를
여전히 생각할 거야
그러면 마음이
더욱 환해진다

새해를 기다리는
다짐이다.

겨울에도 꽃 핀다

온다 온다 하면서도
못 온다
간다 간다 하면서도
못 간다

그래도 좋아
너는 여전히
내 마음속에 와서 살고
나도 여전히
네 마음속에 가서
살고 있을 테니까

이제 또다시 겨울
그래도 나는
꽃을 피운다
네 생각으로 순간순간
꽃을 피운다

너도 부디 꽃을 피워라
세상에는 없는 꽃
아무도 모르는 꽃
아직은 이름도 없는 꽃.

너에게 고마워

오늘도 애썼겠구나
잘 자거라 일찍 자거라

오늘도 나는 멀리 네가 있어
너를 생각하는 내가 있어
하루해가 정답고 편안하고
세상이 다시 한번 따뜻해진단다

너를 멀리 생각하면
하늘도 조그마해지고
어둔 밤도 환해지고
나의 마음은 젊어지다 못해
어려지기까지 한단다

그래서 고마워 너에게 고마워.

한 사람

아무리 눈을 감고 생각해봐도
한 사람의 이름이 떠오르지 않는다

정말로 내가 힘들고 괴로울 때
문득 찾아가 이야기할
바로 그 한 사람

마음에 가득한 짐짝들
내려놓기도 하고 그것들
잠시라도 맡아줄 한 사람

네가 그 사람이
되어 준다면 얼마나 좋을까
내가 너에게 그 한 사람이
된다면 얼마나 좋을까.

사랑

생각만 해도 봄이 되고
가까이만 가도 꽃이 피고
어쩌나!
안기만 해도 바다가 된단다.

이보다 더 좋은 일은 없다

세상에 와서 가장 기쁜 일은
내가 사람으로 태어나고
너를 만났다는 것
너를 만나고 너를 사랑하고
너와 함께 웃고 이야기하고
무엇보다도 기쁜 일은
너의 마음을 내가 얻었다는 것
나의 마음이 때론
너의 마음속에 가 살기도 하고
너의 마음이 또 나의 마음속으로
이사 오기도 한다는 것
이보다 더 좋은 일은 없다
이보다 더 기쁜 일은 없다.

하루

오늘은 일정이 없는 날
집에서 쉬고 있다고?
그래, 하루 편히 쉬렴
무엇보다도 너를 더욱
사랑하는 하루가 되기를!

연꽃에게

한자리에 그렇게
너무 고요하게
곱게 웃고만 있어서
힘들지?

그럴 거야
그래도 좀 더 그렇게
곱게 고요하게
웃고 있어 주렴

네가 그렇게
그 자리를 지켜줘서
세상이 좀 더 예뻐지고
고요해지는 거란다.

축하

하늘을 안아주고
땅을 안아주고
그 남은 힘으로
너까지 안아주고 싶다.

좋은 날

아침 창가 나뭇가지에
새 한 마리 찾아와 운다
엄마 잃은 새

얘야 걱정하지 말아라
내가 넓은 하늘을 주마
아침 햇살이 말했다

얘야 나도 약속하마
내가 넓은 길을 열어주마
아침 바람이 말했다

새는 고운 소리로 울며
멀리 날아갔다.

해 질 무렵

해 질 무렵 한참은
전화를 받기 어려운 시각
이 사람 저 사람 전화를 걸어도
아무도 받지를 않네

하던 일 마치느라 바쁘고
자동차 타러 가기 위해 바쁘고
누군가 만나기 위해 바쁘고
여러 가지 힘들어서 그럴까

아닐 거야 아닐 거야
혼자 외로워 전화기 놓고
나무 수풀 사이 서성거리러 가고
지는 해 노을 보고 있어서 그럴 거야.

옆얼굴

꽃은 두리번거리지 않는다
오히려 다른 이웃들이
두리번거리게 만든다

꽃은 한 곳만을 바라보며
고개를 곧추세운다
한 가지 소리에만 귀를 모은다
한 가지 생각만 한다

때로 꽃은 고개 숙여 눈을 감고
간절히 기도를 드리기도 한다
제가 꽃인 것을 알기 때문이다.

찬송

옆얼굴이
어여쁜 사람
조그만 귀에 걸린
귀걸이 반짝

입술을 벌릴 때마다
나비가 나네
꽃잎이 흩어지네

어찌하랴
저 많은 나비
저 많은 꽃잎들

하늘이 하늘 허공이
받아주네
안아주네

더욱 예뻐라

귀가 예쁘고

입술도 예쁘다.

기도

노래하는 새였다
웃고 있는 꽃이었다
그러나 눈을 떴을 때
너는 이미 거기 없었다.

공석

두리번두리번
있지도 않은 사람을 찾겠지

기웃기웃
들리지도 않는 목소리를 듣겠지

한참 동안 그러다가 그러다가
조금씩 잊혀지기도 하겠지

너를 잊은 자리
새살이 돋듯

예쁜 꽃송이라도 하나
피어났으면 좋겠다.

보고 싶어도

보고 싶어도 참는다
오늘, 내일, 그리고 내일

그렇게 참아서 한 달이 되고
봄이 되고 여름 되고
가을도 된다

이제는 네가 오늘이고
내일이고 또 봄이고
여름이고 가을

아니다 하늘의 별이 너이고
나무들이 온통 너이고
길가에 피는
풀꽃 하나조차 너이다.

기다리마

저문 날 해 저문 날
낙타 등에 짐 가득 싣고
먼 길 떠나는 너
모래 지평선 너머
발길 놓는 너
보고픈 마음도 이제는
너에게 짐이 될까 봐
마음속 허공에
내려놓는다
어쨌든 먼 길
한 걸음씩 걸어
다시 이곳으로 돌아오라
그때까지 나
등불 끄지 않고
마음의 빗장 걸지 않고
기다리마 너를 기다리마.

바람 부는 날

두 나무가 서로 떨어져 있다 해서
사랑하지 않는 건 아니다
두 나무가 마주 보고 있지 않다고 해서
서로 생각하지 않는 건 아니다

바람 부는 날 홀로
숲속에 가서 보아라
이 나무가 흔들릴 때
저 나무도 마주 흔들린다

그것은 이 나무가 저 나무를
끊임없이 사랑한다는 표시이고
저 나무 또한 이 나무를
쉬지 않고 생각한다는 증거

오늘 너 비록 멀리 있고
나도 멀리 말이 없지만
우리가 서로 사랑하지 않는 건 아니고

서로 생각하지 않는 건 아니다.

인생이란 간이역

힘든 중에 와중에 바쁜 가운데라도
인생이라는 말 삶이라는 말이 보이거든
다정하게 손을 흔들어주자

그러면 바쁜 인생 와중의 인생 힘든 인생도
조금은 좋은 인생 한가한 인생
아름다운 인생으로 바뀌게 될 것이다

지치고 속상하고 짜증 나는 가운데라도
슬픔이나 불행이나 미움이란 말이 지나가거든
손사래 쳐서 멀리 떠나보내자

그러면 지친 날들 힘든 날들 짜증 나는 날들도
조금씩 부드러운 날 고요한 날
여유로운 날들로 바뀔 것이다

정말로 그렇게만 된다면 하기 어려운
용서나 화해나 사랑이란 것까지도

해보고 싶은 힘이 생기기도 할 것이다

우리는 모두 지금 인생이란
간이역에서 어디로 갈 것인지
서성이고 있는 사람들이다.

제2부

춥다, 가까이 오라

약속

만나요 거기
나무 밑에서
느티나무 밑에서

아니
물소리 곁에서
물봉선 옆에서

그런
좋은 시절도
우리에게는 있었다.

미혹

너의 입술이 나의 땅이고
너의 눈이 나의 하늘

오늘도 나는 하늘만 우럴고
땅만 보며 살았다.

저녁 식사

살려주셔서 감사합니다, 라고 말하지 말고
살아주셔서 감사합니다, 라고 말하십시오
당신이 살아주심이
나에게 축복이고 고마움이다

이제 마음을 바꾸고 말을 바꿔야 합니다
당신이 세상에 있음이 나의 기쁨이요
당신이 내 앞에 있음이 나의 행복입니다
함께 밥을 먹어줘서 너무나도 좋았고요

당신 행복이 나의 행복이고
당신 기쁨이 나의 기쁨입니다
하늘이 더욱 둥글고
땅이 더욱 드넓게 느껴지는 저녁입니다.

예쁜 짓
—꿈에 쓰다

한 번 한 이야기 또 할까 봐 걱정돼요

그럴 것 없단다

예쁜 꽃을 보거라

바람에 한 번만 고개를 흔드는 것이 아니라

여러 번 고개를 흔들지 않던?

그래도 꽃은 여전히 예쁘지 않던?

예쁜 꽃은 바람 앞에 무구(無垢)야,

예쁜 너도 나한테는 때 묻지 않음이야

네가 어떤 잘못을 해도 그것은 잘못이 아니고

예쁜 짓 그대로야

한 번 한 말 여러 번 되풀이해도 괜찮아

걱정하지 마

그래서 네가 더 예뻐.

포옹

춥다
가까이 오라

자꾸만 몸을 뒤채지 마라
창밖에 바람이 불어요

아니야
마음속으로 바람이 지나가는 거야.

넹

기분 좋을 때
너의 카톡 대답은 언제나
넹

넹, 넹, 넹
전차를 타고 온다는 건가?
빗방울 되어서 온다는 건가?

아무래도 좋아라
네가 오기만 한다면
무엇으로 와도 좋지

넹, 넹, 넹
마음속에 들어와
빗방울이 되고

드디어 호수가 되고
기도가 되고

하늘이 되기도 하는 소리.

이러한 사랑

어리둥절할 때가 있다
내 앞에 앉아 있는 네가
너무나 낯설고 서먹하고 멀어서다
어디 먼 곳에 마음 주고 있는 사람이라 그럴까…

왜 그렇게 뚫어지게 보고 그러서요!
하얀 이 드러내놓고
화들짝 웃고 있는 너는 또 누구냐?
비로소 너는 내가 알고 있는 너로 돌아온다

도무지 종잡을 수가 없다
여긴가 하면 저기고
이 사람인가 하면 저 사람이다
알 것 같기도 하고 모를 것 같기도 하다

때로 막막한 산이 되어 앞길을 막아서고
강물로 흘러 멀리 데리고 간다
때로 세상에는 없는 꽃 수풀을 보여주기도 한다

이러한 너를 오늘 나는
꿈이라고 부른다.

울고 있는 이메일

어디 아프기라도 한 거니?
멀리 여행이라도 떠난 거니?
이메일 보낸 지 여러 날
네가 이메일 열어보지 않아
이메일이 울고 있어요

이메일 좀 열어보아다오
이메일이 허공에 걸린 채
발 동동거리며
기다리고 있어요
울고 있어요

이메일 좀 열어보아다오
나의 마음을 좀
들여다보아다오.

식은 커피

마음이 변해버린 여자
그래도 쉽게 잊지는 말아야지.

이별

사랑해
사랑해
사랑해

알았어
알았어
잘있어

울지마
울지마
울지마.

낌새

강물에게 무슨 일이 있었던가?
강물의 가슴으로 바람이 울며 간다

너에게는 또 무슨 일이 있었던가?
내 가슴이 갑자기 술렁거린다

키가 큰 자작나무 수풀
밑동이 새하얀 자작나무 수풀도
긴 머리칼 흔든다.

세월

하루를 살기는
1년같이 지루한데

1년을 보내기는
하루처럼 덧없다.

청춘 앞에

너는 나의 입술
내가 말하지 않는 것까지 말하고

너는 나의 귀
내가 말하고 싶은 것까지 미리 듣는다

내일 날 나의 가슴이 되어 느끼고
나의 발이 되어 낯선 곳을 찾아라

이런 너 한 사람 지구에 살아
숨 가쁜 지구도 여전히 견딜 만하고

나 또한 너를 따라 지구를 따라
아직은 내일의 소망 끈 놓지 못한다.

누군가의 인생

어딘지 모르고 가고
누군지 모르고 만나고
무슨 일인지도 모르고 하는 일들

그래도 우리의 하루하루는
엄중한 날들
오직 하나뿐인 인생

너 자신을 아껴라
너 자신을 위로하고
칭찬하고 또 껴안아주라

할 수만 있다면
10년 뒤의 너 자신의 모습을
가슴에 품고 살아라

그러다 보면 어느 사인엔가
10년 뒤에 네가 되고 싶은

너 자신이 될 것이다

이것이 너의 인생이고
나의 인생
우리들 모두의 날마다의 삶이다.

타이르고 싶은 말

요즘 사람들을 만나면 살기 힘들다고 입을 모은다
지쳤다고 한다
맥이 빠졌다고 한다
희망이 사라졌다고 한다
그러면서 자기에게 위로가 필요하다고 말한다
이렇게 많은 사람들이 힘들고 지치고 맥이 빠지고
더구나 위로가 필요하다니
입이 저절로 벌어지는 일이다
어찌하면 좋을까
그러지 말고 내가 먼저 다른 사람을 생각해주고
위로해주면 안 될까
어쩌면 그렇게 생각을 바꾸고 나면
나의 어려움이 조금쯤 헐거워지고
위로가 되지 않을까
당신에게 해주고 싶은 말이고
나 스스로를 타이르고 싶은 말이다.

지금이라도 알았으니

이 세상은 오직 나 한 사람과
내가 아닌 수많은 너로 되어 있다
왜 그걸 일찍 알지 못했을까?

가장 좋은 인생은
나한테보다는 너에게 잘하며 사는 인생이다
왜 또 그걸 진즉 알지 못했을까?

그래
지금이라도 알았으니
다행이라고 생각하며 살자.

청춘을 위한 자장가

알았어요
우리 귀욤이
잘 자요
오늘 당한
힘겨움
어려움
때로는
억울함
다 내려놓고
잘 자요
잘 자렴
잠 속에서는
울먹이지 말고
울지 말고
너 혼자서도
빛나는
별이 되어
지구를

다 차지하고
하늘을
다 가지렴.

밥과 욕

나의 남은
인생 목표는

밥 안 얻어먹기와
욕 안 얻어먹기

밥은 앞으로 얻어먹고
욕은 뒤로 얻어먹는 것

그 두 가지를 될수록
줄이고 싶다는 것이다.

시를 주는 아이

사업을 하는 사람은
사업의 지혜를 알려주고
돈을 주는 사람이 있어야 한다
누군가 사람이거나 보이지 않는
그 어떤 인격적 존재가 있어야 한다

시인도 마찬가지
시인에게도 시를 주는
누군가 사람이 있어야 한다
그렇지 않고서는 고달파
시 쓰는 사람으로 일생을 견딜 수 없다

오늘은 바로 너
네가 나에게
시를 주는 아이.

아이에게 부탁

아이야 내가 너를
사랑한다는 걸 고삐 삼아
내 마음을 붙잡고 흔들거나
너무 아프게 하지는 말아다오

사랑은 결코 그런 것이 아니라
오히려 사랑은
사랑하는 사람 마음을
편안하게 해주고
스스로 기뻐하는 마음이란다

네가 이런 것을 일찍
알았으면 좋겠구나.

다섯

아가, 몇 살이야?
손가락 다섯 개를 활짝 펼치며
다섯 살!

다섯 개의 꽃이 피었구나
손가락 끝에 별이
하나씩 매달려
반짝이는구나

그 꽃을 보면서
그 별을 따라가면서
좋은 세상 잘 살아라.

세상의 징검다리

여기서도 좋았으니
저기서도 좋게 하옵소서

올해도 잘 살았으니
새해에도 잘 살게 하옵소서

나도 생각해야 하지만
다른 이들도 생각하게 하옵소서

이런 때 '도'라는 말은 참
정답고 믿음직한 말이다

성큼성큼 나아가 든든한
세상의 징검다리가 되어준다.

제3부

봄이 온다, 네가 온다

첫눈

여기 인천, 눈 와요
첫눈이에요
여기는 공주, 눈 안 오는데
우리가 첫눈 내리는 날
만나기로 약속했다면
큰일 날 뻔했네
그곳에서 첫눈하고나
잘 노시기 바래요.

머플러를 사서 보낼 게

보고 싶다 많이
보고 싶어도 네가 온다는
1월까지는 참아야지

이것이 또 나에겐
하루하루 희망이고
발돋움하고 살아가는 힘이다

지금은 조금쯤 찬바람에
목이 시린 12월도 중순
더욱 퍼렇게 흐르는 강물.

봄이온다다시

강아지강아지
꼬리를흔들며
얼음언개울물
졸졸졸소리를
되살려내면서

봄이온다봄이
멀리서가까이
가까이또멀리
봄이온다다시
아니네가온다

네가있어나의
겨울은한복판
그래도봄이고
여전히꽃피고
새우는날이다.

터미널

대학수학능력시험을 치르고 나서
맨 처음 정장 차림을 한 어린 숙녀들
열아홉 스물 그 또래 아이들

찰랑찰랑 울렁이는 옷자락
찰랑찰랑 휘날리는 머리칼
찰랑찰랑 흔들리는 발걸음

세상을 빛내다오
세상을 부드럽게 껴안아다오
크리스마스 캐럴도 반짝이고 있다.

포물선

앙상한 겨울 나뭇가지
몇 개 남은 나뭇잎

쏟아진다 봤더니
그것은 새 떼

땅에 내려앉는 듯싶다가
날아간다, 포물선.

출구

전철에서 내려
급하게 계단을 오르고
무빙워크를 또
걸어가는 동안
네가 들려준 말 한마디

문 앞에서 기다릴게요!

전철 지하도가
산이나 수풀은 결코 아니지만
조그만 화분에 심겨진 예쁘고도
조그만 꽃이 되어 피어난다

겨울철인데도
너 때문에 너의 말 한마디 때문에
나도 따라서 급하게 조그만
꽃나무가 되기로 한다

문 앞에서 나를 찾아주세요!

객지의 만남

—김은진에게

오늘 여기서 헤어지면
언제 다시 만날까?

말로는 또 만나자 그러하지만
말대로 또 만나기는
그리 쉽지 않으리

그곳이 어딘지 모르지만
내가 함께 가 줄 수 없는
그곳에서

만나서도 좋았으니
헤어져서도 좋기를
바랄 뿐이네.

방문

보고 싶은 사람 보았으니
이젠 갈게요

아니 조금만 더
머물다 가시지 그러세요

아니에요 나를 기다리는 사람들
만나주러 가야 해요

내년에 다시 찾아올게요
해마다 그렇게 봄은 왔다가 갔다

내가 말을 알아듣지 못할 때에도
자거나 심지어 앓고 있을 때에도.

*그렇게 봄은 나에게 74번째 다녀갔고 나는 이제 75번째 봄을 기다
리는 중이다.

미인도

뒤태가 예쁜 저 여자
어느 댁 아낙이뇨?
쪽진 머리인 줄 알면서도
앞 얼굴이 보고 싶고
가는 길 따라
먼 길 가고 싶네.

기적

다른 사람한테는 거짓말이고
나한테만 참말.

요즈음 생각

가끔 나는 목욕할 때
좋은 생각이 떠오르고
막혔던 문제가 풀리기도 한다
때로는 한 편의 시를 쓰기도 한다

참 좋은 일이고
고마운 일이다
가끔은 생각이나 느낌도
목욕시킬 필요가 있다는 것

그러다 보면 우리네 인생도
조금씩 가지런해지고
여유가 생기지 않을까
요즘 해보는 생각이다.

시

1초 전에도 생각하지 않은 말을 하고
1초 후에는 잊혀지고 말 말을 하는 것.

자전거 시

자전거 바퀴가 굴러갈 때
생각도 굴러가고
시도 따라서 굴러간다

가끔은 자전거가
시를 대신 써주기도 한다.

어느 날

시는 뚜벅뚜벅 걸어와
정직하게 내미는
누군가의 악수가 아니라

찰랑찰랑 춤추듯 달려와
쓰러질 듯 안기는
누군가의 가슴

오늘은 네가 나에게
그런 사람이었단다.

*시작노트
'산문이 뚜벅뚜벅 정직하게 걸어와 손을 내미는 누군가의 손이라
면 시는 출렁이듯 격하게 달려와 와락 안기는 누군가의 가슴'이라고
생각할 때, 낙엽 져 썰렁한 도심의 가로수 밑으로 네가 뛰어오고 있었
다. 찰랑찰랑 긴 머리칼 휘날리며 코트 자락도 조금 날리며 이쪽으로
오고 있었을까. '아, 저기 시가 오고 있구나', 다시 생각했을 때 너는
뛰어오는 발걸음을 멈추고 천천히 걸어와 내 앞에 문득 서서 손을 내
밀었다. 가까이서 보니 너의 머리는 긴 머리칼이 아니라 짧고도 단정
한 단발이었다. 그래도 너의 손은 부드럽고 따스했다.

시인 변명

나는 스펀지
아니면 리트머스 시험지
물을 잘 흡수하거나 반응을 잘하는

어려서 젊어서는 가족과 친구들
좋아하던 여성들이 시를 주었다
심지어 나를 버리고 가면서까지
시를 선물했다

나는 그것을 공손히 받아
적기만 하면 되었다
나는 대필자 아니면 대변인
나이 들어서는 젊고 예쁜
아이들이 시를 자주 준다

할 수만 있다면 나는
또 다른 대필자 새로운 대변인이
되어보고 싶다

하늘의 말 땅의 말

강물이나 산의 말 들판의 말

나아가 바람이나 구름

나무나 풀들, 벌레들의 말까지

골고루 받아서 써보고 싶다

천지의 대변인이 한번

되어보고 싶은 것이 나의 꿈이다.

절필?

깊은 밤마다 잠이 깨인다
바다 건너 아주 먼 나라
호주라는 넓은 땅덩어리
반년 가까이 꺼지지 않는 산불이
나를 깨우는 모양이다

지직지직 타오르는 지구의 알몸
오 무서워라, 하늘의 재앙
하늘이 온통 핏빛이라니!
과연 우리는 그동안 무엇을 그리
많이 잘못하며 살았던가?

글 쓰고 책 내느라
종이를 너무 많이 없앤 것이
나의 잘못이 아닐까
이제는 글 쓰는 것도 멈추고
책 내는 것도 멈추어야 하지 않을까.

백사기

오랫동안
옆얼굴만 보고 있었다

오랫동안
앞 얼굴도 보고 싶었다

어느 날 갑자기 내 앞으로 와
새하얗게 웃고 있는 너

조그만 입술이 달싹달싹
옆얼굴이 또 앞 얼굴이었다.

새 옷

동화 씨에겐 벌써
봄이 왔나 봐요
어떻게 아셨어요?
저 오늘 새 옷 입고
상 받으러 갔다 왔거든요.

경치

풍덩!

경개, 산천경개에 빠져
다음 약속도 잊고
떠날 시간도 놓친 채
그대로 앉아 있는 세 사람

그렇지
사람이 그럴 때도
있어야지
그럴 때가 좋은 때
아니겠나!

억지로
—중학생들에게

책 읽기 좋아하는 사람 애당초 없단다
억지로 읽다 보면 책 읽기 좋아하는
사람이 되기도 하고

착한 일 하기 좋아하는 사람 또한 없단다
억지로 착한 일 한두 번 해보면
착한 일 하는 사람 되기도 한단다

마찬가지로 이 세상은
천국이 아니고 사람은 누구나 천사가 아니란다
다만 세상이 천국이라고 믿고
살아가는 사람에게 때로 천국이 허락되고

천사로 살아야지 억지로 결심하고
억지로 천사처럼 살다 보면
다른 사람에게 천사로 보일 때도 있는 거란다
그건 나도 마찬가지란다.

제4부

그는 다름 아닌 나였다

이른 아침

기차 안에서
자주 기침을 하는
노인이 있었다

왜 저 노인은
겨울 아침에
집에 있지 못하고
기차를 타고 가면서
기침을 저리할까?

살펴보니 그는
다름 아닌 나였다.

세수하다가

안경 벗고 찬물에 세수하다가
거울을 바라보면 거기
아버지가 와 계신다
그것도 늙은 아버지시다

웬 아버지?
정신 차려 다시 보면 그것은
다름 아닌 나의 얼굴

아버지를 피해
아버지 반대 방향으로
오래 많이 온 것 같은데
일생을 두고 내가 만들어낸 것은
또 하나 아버지의 얼굴뿐이었다.

일생

고등학교 입학시험 치르던 날
보호자로 따라오신 아버지
여름 양복을 입고 있었다

친구 여학생 아버지는
제일모직 겨울 양복을 입었는데
아버지는 그것도 삼촌의 양복을
빌려 입고 있었다

나는 부끄러웠고
아버지는 추웠다
끝내 그 두 마음이
두 사람의 일생이 되었다

춥지 않기 위해서
살았던 아버지
부끄럽지 않기 위해서
살았던 나.

유쾌한 아침

늙은 아내
석류를 성냥이라고 말했다가
성당이라고 말했다가 다시
석류라고 고쳐서 말한다

늙은 남편 그 말을
모두 알아듣고 깔깔 웃는다
늙은 아내도 따라서 웃는다
유쾌한 아침이다.

아내의 권유

밤사이 눈이라도 내렸나요?
바람이라도 차게 불고 있나요?
그렇지만 여보 지금은 아침 시간
하루를 시작할 시간이어요

먼 길을 가시겠다고요?
힘든 일들이 기다리고 있다고요?
그렇다면 신발 끈을 매시기 바래요
매더라도 조여 매시기 바래요

그렇지만 여보
가슴속에 따스한 등불을 간직하는 걸
부디 잊지 마셔요
고요한 마음과 향기로운 말씀도 잊지 마셔요.

마지막 그림

저녁때

늙은 아내와 손잡고
집으로 돌아가는

나의 뒷모습을
보여드리고 싶습니다.

마주 보며

—박혜란에게

딸은 멀어지며
커지는 사람이고

아버지는 남아서
작아지는 사람

딸은 그래서
큰 별이 되고

아버지는 드디어
작은 별이 되는 사람

둘이서 마주 보며
마주 보며.

응

가장 편하고 좋은 대답
가장 공평한 세상
가장 기분 좋은 어울림

세상 어디에
이렇게도 예쁘고 좋은
글자가 또 있을까?

오늘 핸드폰 문자로
딸아이가 보내준
딱 한마디의 말

이것으로
모든 것이 통하고
모든 것이 완성된다.

몸이 아플 때

모처럼 감기몸살로 앓아누우면
동생들 보고 싶어진다

동생이라도 어린 시절의
어린 동생들

동생들 너머의 젊은 어머니와
외할머니도 보고 싶어진다

외할머니가 끓여주시던
흰 쌀죽 한 그릇 얻어먹고 싶다.

한강

볼 때마다 푸근하고도 자애롭고
너그러우신 어머니, 어머니

만날 때마다 넉넉하고 속내 깊고도
맑으신 마음의 아버지, 아버지

이런 어머니 아버지 모시고 사는
서울은 참으로 아름답고도 행복한 아들

서울이여 한강이시여
당신들 거기 그대로 계시어 우리까지 당당하고

한강이시여 서울이여
당신들 계시어 우리는 앞으로도 자랑찬 민족입니다.

1월

해마다 1월이면 나는 몸이 아프다
내 생일이 3월이기 때문이다

해마다 나의 1월은 어머니
뱃속에서 8개월 된 아이

해마다 한 차례씩 세상 밖으로 다시
나가기 위한 준비로 나는 몸이 아프다.

그럼에도 불구하고

어머니가 돌아가셨다
그럼에도 불구하고 나는
잠을 자야만 했고
밥을 먹어야 했다

늙고 병든 지구 만년설
얼음이 녹고 바닷물이 넘쳐나고
폭우가 쏟아지고 산불이 나고
북반구의 나라에
겨울에도 눈이 오지 않고

젊은이들은 일자리 없어
길거리를 헤매어도
그럼에도 불구하고
그럼에도 불구하고…

악몽

악몽이 하나 더 늘었다
예전엔 장가가지 못하고
회갑 나이 되도록 늙어가며
괴로워하는 꿈과
교장으로 승진하지 못한 채
교직을 마치는 꿈이었는데
거기에 하나가 더 늘었다
할머니 돌아가시고
삼촌도 세상을 뜨고
할머니 입다 남긴 누더기옷 붙들고
어머니 앞에서 우는 꿈
그런데 어머니도 지난해 이른 봄
하늘나라로 가셨다
한참 동안 마른 울음 삼키다 답답해
잠에서 도망쳐 나온다
다음 차렌 누군가?

나의 주소

아직도 그 집에서 사느냐고
가끔 주소를 묻는 사람 있다
아직은 하늘나라로
주소를 옮기지 않았노라
대답해줄까 그러다가
옛날 주소를 알려준다
살면서 나의 소원 한 가지는
주소를 자주 바꾸지 않는 것
정말로 하늘나라로
주소를 옮기기 전까지는
지금의 내 주소가 끝끝내
나의 주소다
두 번 묻지 마시라.

시인의 마음
—전민호 시인에게

양쪽으로 열려
오른쪽 왼쪽을 고르게
바라보는 눈이 아니라
한쪽으로 눈이 몰려
한쪽만 바라보는 눈

바다 밑에 납작 엎드려 사느라고
눈이 한편으로 몰린 물고기
가자미, 그 가자미 눈

어쩌면 한쪽 시력을 잃어버리고
한쪽으로만 열심히
보려는 마음
그것이 사랑이고
또 시인의 마음 아닐까.

조금 서러워지는 마음

가로등은 언제 켜지고 언제 꺼지는 것일까? 하루에 한 차례씩 꺼지고 한 차례씩 켜지는 가로등. 아무도 관심을 갖지 않는 일들.

정말로 가로등은 언제 켜지고 언제 꺼지는 것일까? 병원에 장기 입원 환자로 있을 때 나는 하루 저녁, 잠자는 걸 포기한 채 그걸 꼬박 확인해본 적이 있다.

가로등은 정말로 눈 깜짝할 사이에 켜지고 눈 깜짝할 사이에 또 꺼졌다. 하지만 아무도 그걸 눈치채는 사람은 없었다.

지금도 가끔 이른 아침이나 저녁 시간 오가는 길에 그걸 골똘히 생각하며 가로등을 살필 때 있다. 가로등은 과연 언제 켜지고 언제 꺼지는 것일까?

그건 사소한 일이지만 분명히 중요한 일. 바로 그것이 한 생명의 태어남과 사라짐과 닮았고 우리 또한 그렇게 세상에 와서 살다가 세상을 뜰 것이기 때문이다. 아무도 눈치채지 않게 가뭇없이 말이다.

　이런 걸 생각하면 아직도 살아 있는 목숨인 내가 조금 안쓰러워지고 서러워지기도 한다.

계단 위에서

너를 보면 볼수록 눈빛이 흐려져
맑은 하늘이 아니야
구름 머흘어 오락가락하는
하늘이야

너를 보면 볼수록 마음이 흔들려
고요한 호수가 아니야
돌멩이한테라도 맞아 깨어진
호수야

어쩌면 좋지? 어쩌면 좋아!
너를 보내고서도 한참 동안 나는
이렇게 서 있어

계단을 내려가다가도
다리가 후들거려 그만
계단에 주저앉을까 그래

문득 눈앞에 보이는 나무
가을 나무
옷을 다 벗었네그려
나는 저 나무가 참 많이 부러워

하늘에는 구름 올해도 찾아온
먹구름
갈 곳도 모르면서 자꾸만 어디론가
가고만 있는 구름이 많이 부러워.

모자 감기

아기가 감기에 걸리면
어김없이 내가 감기에 걸리고
내가 감기에 걸리면
아기가 또 감기에 걸려 앓아요
어떤 땐 둘이 함께 감기를 앓아요
그래서 병원에서 감기 이름을
모자 감기라 이름 지었어요

모자 감기!
엄마와 아기가 함께 앓는 감기
이름은 정다워도 마음 아프다
엄마야, 어서 감기에서 나아라
애기야, 너는 더 빨리 나아라.

인형 가게

몽땅한 키에 통통한 몸집
아무래도 휘어진 눈꼬리가
많이 닮았다

반갑다 얘야
잘 있었니?
오랜만이야

철렁 가슴을 쓸어내린다
유난히 길고도 검은 머리칼.

제5부

세상이 환해졌으면 좋겠다

아들 낙타에게

아들아 지고 있는 짐이 무겁냐
부리고 싶으냐
모래밭에 발이 빠져
금방이라도 넘어질 것 같으냐
그렇다고 그 짐
다른 낙타에게 대신
지고 가게 할 수는 없는 일
낙타에겐 짐을 아주 부리는 날이
땅에 몸을 눕히는 날
목숨까지 내려놓는 날
등에 진 짐이 살을 파고들어도 그것은
아직은 살아 있다는 증거 아니냐
지고 있는 짐 버겁다 해서
너의 짐 함부로 부리지 않을 것이며
다른 낙타에게 대신
지고 가게 하지도 않을 것을
나는 믿는다 고마운 일이다.

스무 살 당신

어린아이가 아니다 청소년도 아니다
이제는 당당한 어른
어깨가 무겁고 발길이 또 무겁다

그러나 스무 살 당신
당신은 지금 당신 인생의 희망이며 최정점이며
가장 빛나는 보석이며 동시에 꽃이다

그걸 알았으면 가라, 세상 속으로 가라
세상 속으로 가서 세상에 물들지 말고
세상에 휩쓸리지 말고
차라리 세상 그것이 되라

스무 살 당신이 이기지 못하면
그 누구도 이기지 못한다
그 어떠한 당신도 이기지 못한다

무엇보다 당신을 이겨라

당신을 참아내고
당신의 열정을 이기고 소망을 이겨라

차라리 세계 속으로 가라
가서 또 다른 당신을 찾아내라 만나라
모래밭 사막 속으로 낙타 되어서 가라.

노마드

만나는 사람마다 눈물겹다
처음 만남이지만 오래전부터
이렇게 만나기로 되어 있는 사람들

함께 있을 때 옆에 있을 때
서로가 잘해 주어야 한다
최선을 다해야 한다

그윽하게 서로 눈을 들여다보며
웃기도 하고 이야기도 하고
머리를 쓸어주기도 해야 한다

그러나 모든 건 거기까지다
서로가 가야 할 길이 바쁘고
멀기 때문이다

가볍게 잊어야 한다
두 눈에 눈물 고일지라도

눈물을 흘리지는 말아야 한다

떠나는 봄이 꽃잎을 남기면서도
아쉬워하지 않듯이
가볍게 발걸음 가볍게 떠나가듯이.

사막을 찾지 말아라

사막에 가고 싶다
사막에 가고 싶다
그렇게 말하지 말아라
네 마음이 바로 사막이다

사막을 보고 싶다
사막을 보고 싶다
그렇게 말하지 말아라
네가 있는 곳이 바로 사막이다

서울이 그대로 사막이고
네가 사는 시골이 사막이고
네가 또 스스로 낙타다
네 이웃과 가족이 모두 낙타다

그렇지 않고서는 네가
그렇게 고달플 까닭이 없고
네가 그렇게 외로울 까닭이 없다

사막을 사막에서 찾지 말아라.

사막의 향기를 드립니다

사막은
무색
아무런 색깔도 없는 건 아니지만 단순한 몇 가지 색깔

사막은
무취
그냥 모래 마르는 냄새 풀잎 마르는 냄새

사막은
무한
하늘이 그렇고 모래밭이 그렇고

사막은
투명
하늘이 또한 그렇고 사람 마음이 다시 그렇다

사막의 향기를 드립니다
무색무취 무한 투명의 냄새를 드립니다

그건 이미 당신 마음 안에도 있는 것들입니다

부디 상처 나지 않게 조심조심
밖으로 꺼내시기 바랍니다
이쪽의 것도 조금 가져가시기 바랍니다.

미리 탄자니아

탄자니아, 아프리카
검은 대륙의 한 나라
물도 모자라고
양식도 많이 모자란다는데
기르는 것은 커피뿐이라니
이상도 하구나
커피는 양식도 아니고
먹어서 배가 부른 것도 아닌데
커피만 길러서 무엇에 쓰나?
검은 피부의 사람들
검은 빛깔의 커피만 마셔
더 검어지는 게 아닐까
괜스레 혼자서 걱정스런 마음.

차가운 손

처음 왔을 때는
따스했던 손
간다고 그럴 때는 차갑다

만남의 기쁨이 사람의 손을
따스하게 하고
헤어짐의 슬픔이 또 손을
차갑게도 한다는 사실!

뒤늦게 멀리
아프리카 알제리에서 온
젊은 처녀 샤히라
너로 하여 배운다.

다시 차가운 손

샤히라,
사막이란 말이 영어로 뭐야?

사하라예요
아니, 사하라는

너희 나라 알제리에 있는
사막 이름이잖아

네, 그것도 사하라이고
영어로 사막도 사하라예요

그러냐? 내 이적지
그걸 몰랐었구나

너희 나라 사하라가 있는
알제리까지 씩씩하게 잘 가거라

가면서 끼니 거르지 말고 가거라
다시 차가워진 손을 잡는다.

백년초

시골에 흔하고 흔한 선인장
손바닥처럼 생겼다 해서 손바닥선인장이고
더러는 백년초라고 불리기도 하는 선인장
겨울만 되면 죽은 듯
납작 땅바닥에 엎드려 있다
그 모양까지도 오그라들어 영락없이 죽은 꼴이다
그러나 어림없는 일
녀석들은 결코 죽지 않았다
다만 죽은 척할 뿐이다
속지 말아야 한다
죽은 척하면서 살아날 궁리를 하고
납작 엎드려 어떻게 하든 새봄에
다시 일어날 궁리를 하고 있는 것이다
오래전 사막의 땅을 떠나 대륙의 땅을 지나
온대의 땅에까지 온 녀석들
오래고 오래인 방랑의 후손들.

나기철 시인

제주도를 지키는
과묵한 시인 한 사람 있어
제주도가 입을 열어
말을 하지 않아도 답답하지 않겠다.

제주 일박

무엇보다도
바람이 다르다
햇볕이 다르고
나무가 다르고
풀이 다르다

해외라도 온 듯한 느낌
맞아요
제주도는 제주해협
바다 건너예요

아니에요
무엇보다도
내가 달라졌어요
그건 그러하네

한 발자국쯤 다가와
서 있는 나무들

한 발자국쯤 물러서 있는

햇볕이며 바람들.

어떤 기도

세상이 어두워 수녀님
눈 감는 시간이 깁니다
기도의 시간이 깁니다

전등 불빛이 아니라
거리의 불빛이 아니라
세상의 사람들 마음의 불빛입니다

세상 사람들 마음이 좀 더
환해졌으면 좋겠습니다
아프지 않고 우울하지도 않았으면 좋겠습니다
그래서 수녀님 기도의 시간이 조금
짧아졌으면 합니다

한 번도 가본 적 없는
부산의 광안리 바닷가 성베네딕도수녀원
이해인 수녀님 사시는 조그만 방의 유리창
밤이 와 불빛 조금 더 일찍 꺼지고

새벽에도 자주 불빛

밝혀지는 일 없었으면 좋겠습니다

불빛 대신 하늘의 별빛이 내려와 지켜주고

숲속의 새소리 기도를 해주었으면 좋겠습니다.

콜라

나이 들어서도
콜라 즐겨 마시는 사람 만나면
문득 반가운 마음

젊었을 때 스무 살 무렵
베트남 비둘기부대
사병으로 땀 흘리며 지낼 때

상하의 나라
서걱대는 파초나무
야자나무 그늘에서

웃통 벗고 마시던
그 콜라 맛 새롭게
돌아오는 것일까

다시 내가 젊은이로
돌아간 것 같고 멀리

흰 구름 바라보고 있는 것 같아

나이 들어서도 콜라
즐겨 마시는 사람 만나면
헤어진 옛날 애인 본 듯한 마음.

절망

―꿈에 쓰다

객지로 오래 혼자 떠돌다가
문득 그리운 마음이 들어
옛집에 찾아왔을 때

나무 대문은 밖에서 잠겨 있고
대문 자물쇠에 열쇠까지 꽂혀 있는데
아무도 열어본 기척이 없어
황급히 열쇠로 대문을 열고
안으로 들어가긴 갔는데

집안은 비어 있고 마당엔 풀이 자라 있고
아 가족들은 다 어디로 간 것일까?
그 지겹도록 정다운 가족들은 모두다
어디로 가버린 것일까?

문득 무릎 꿇고 땅에
주저앉고 싶었다
차마 울지도 못했다.

인생길 위에

A가 볼 땐 B가 좀 부족하겠지만
내가 볼 땐 A가 더 부족한 것 같다
너희들 둘이 서로 부족한 점을 알고
그것을 달래며 다스리며 살면
더없이 좋을 것이다
인생은 제멋대로 잘 사는
사람이 제일이다
그 사람이 인생의 주인공이다
인생이란 무작정 가다가 멈추는 것
멈춰서 좋고 멈추어서 완성되는 것
그것이 또 인생의 성공이다.

그냥 거기
—계룡산 은선폭포

허락받은 지상의
많은 날들을 다른 곳에 써먹고
비로소 휘청거리는 다리로 계룡산
동학사 비탈길 오르고 올라

보아라 깊은 산속에 숨겨진
오직 외롭고 드높고 아름다우신
신선 한 분이 뿜어 올리시는
하늘의 기운

이름하여 은선폭포라!
그동안 우리, 누구와 함께 어울려
이곳에 와서 하늘을 우럴고
새하얀 물줄기 폭포를 보았던가!

두어라 거기 그냥 거기
폭포는 폭포대로 흐르게 하고
우리는 우리대로 세상의 먼 곳

떠돌다 홀로 돌아갈까 그러한다.

그냥 한번 와 보면 안다
—석장리박물관

누구든 와 보면 안다
왜 이곳이 인간의
오랜 낙토였는지
그냥 한 번 와 보면 안다

머리로 아는 것이 아니다
따져서 아는 것이 아니다
마음으로 가슴으로
저절로 알게 되는 것이다

바라보기만 해도 터억
마음이 놓이는 풍경
그렇구나, 그렇겠구나 고개가
주억거려지는 느낌

천년, 이천 년의 일이 아니다
만년, 이만 년도 아니다
적어도 오만 년, 나아가

20만, 50만 년 전의 일이다

인간의 조상들 이곳에 모여
사냥하고 집 짓고
짝을 지어 아기 낳고
마을을 이루어 살던 터

말로만 그래서는 안 된다
글로만 알아서도 안 된다
그냥 한 번 와보면 안다

스치는 바람도 우는 새들도
강물도 둘러선 나무나 산들도
그렇구나, 그건 그렇구나
동의해줄 것이다

그냥 한 번 와보면 알게 될 것이다
왜 공주가 오랜 인간의 낙토였고

역사 이전 선사 때부터

인간이 꿈꾸던 아름다운

땅이었는지 그것을 알게 될 것이다.

시인은 무지개를 좇는 소년

1. 무지개

어린 시절 여름철이면 시골 마을에 무지개가 자주 떠올랐다. 소낙비가 내린 다음이거나 장마철의 아침이나 저녁 무렵 하늘에 무지개가 떠오르곤 했다. 무지개는 누구든 먼저 보는 사람이 임자다. 아, 저 무지개! 그 무지개를 가슴에 품으면 무지개는 그 사람의 것이 되었다. 그래서 그랬을까? 무지개를 보면 가슴이 뛰었다. 까닭 없이 먼 것이 그립고 무언가 아주 멀리에 어여쁜 것, 사랑스러운 것이 분명 있을 것만 같아서 가슴이 설레었다.

그런 무지개를 두고 누군가가 일러주었다. 무지개는 하늘나라에 사는 선녀님이 오가는 사다리라고. 누군가는 또 말했다. 무지개가 뿌리내린 샘물을 본 사람이 있었는데 무지개가 떠오를 때 보니까 샘물이 부글부글 끓어오르더라고. 더러는 그 샘물이 있는 곳의 위치를 구체적으로 말하는 사람도 있었다.

정말일까? 분명 그것이 정말이 아니라 하더라도 어린 시절 우리는 그 말을 믿었다. 아니 믿고 싶었다. 특히 나같이 소심하고 말수가 적고 수줍고 혼자서 놀기를 좋아하는 아이는 더더욱 그것을 믿을 수밖에 없었다.

무지개가 뜨면 아, 하고 입이 벌어진다. 그러면서 한 발이 앞으로 저절로 내디뎌진다. 무지개가 끄는 힘이다. 자신도 모르게 앞으로 내달린다. 무지개를 좇아가고 싶어지는 마음이다. 할 수만 있다면 무지개를 잡아보고 싶다. 발길은 마을 길을 벗어나 들판 길로 접어든다. 그러나 그때 무지개가 서서히 사라지기 시작한다. 내달리는 아이의 발길에 힘이 빠진다.

하늘에서 무지개가 완전히 사라졌을 때 아이의 발길은 멈춰지고 아이는 터덜터덜 집으로 돌아온다. 무지개를 잡아보고 싶다는 마음은 그야말로 허황된 꿈이다. 그런 꿈을 꾸면서 우리는 모두가 어른이 되었다. 어른이 된 다음엔 무지개를 보아도 가슴이 뛰지 않고 들길을 향해 내달리지도 않는다. 무심히 무지개가 떴군! 하면서 입맛을 다실 뿐이다.

그렇지만, 그렇지만 말이다. 어린 시절 무지개가 떠오른 날, 무지개를 잡겠다고 들길을 내달리고 높은 산을 넘어 멀리 떠난 한 소년이 있었다고 한다. 그런데 그 소년은 아직도 집으로 돌아오지 않고 어딘가 낯선 땅을 헤매고 있다고만 한다. 그 같은 소년을 사람들은 오늘날 시인이라고 부른다.

실은 내가 바로 그런 사람이다. 어느덧 나이가 일흔을 넘기고 여러 가지로 쓸모없는 인간이 되었지만, 여전히 나는 무지개를 좇아다니는 한 아이일 뿐이다. 참 어이없는 일이고 불편한 노릇이다. 날마다 좇아다니는 무지개가 나에게는 시이다. 보았다 하면 사라지고 잡았다 하면 놓쳐버리는 바로 그 시.

오늘도 나는 포기하지 않는다. 아니 포기할 수가 없고 포기가 되지 않는다. 평생을 이렇게 헛손질하면서 살고 있다. 그래도 나는 이렇게 산 생애를 후회하지 않을 자신이 있다. 턱없는 믿음이요 허장성세. 그래서 나는 아직도 무지개를 좇아 들길을 달려가 높은 산 넘고 깊은 강을 건너 어디론가 낯선 땅을 헤매면서 돌아오지 않는 한 사람 아이인 것이다.

2. 외할머니

가끔 내가 왜 이렇게 평생을 두고 시에 매달려 사는 사람이 되었을까, 생각해볼 때가 있다. 결코, 누군가로부터 시를 쓰는 것이 좋겠다고 권유받은 일도 없다. 그렇다고 가정환경이 문화적으로 풍요한 것도 아니다. 한미한 집안. 소작농인 아버지는 어머니와 함께 겨우 초등학교 교육을 받았으므로 문자 해독이 가능했지만, 문화 의식이라든지 문학적 소양과는 거리가 먼 분들이었다.

그분들의 소망과 지향은 그저 나날이 잘 먹고 잘 입고 잘사는 지극히 현실적이고 평범한 삶일 뿐이었다. 집안에 서책 같은 것이 있을 리 없었다. 입에 풀칠하기도 어려운 판국에 서책이 가당한 일이 아니었다. 그러나 행운인지 불행인지 나는 네 살 때부터 외갓집에 가서 자라게 되었다.

내가 외갓집에서 살게 된 것은 어쩌면 운명 같은 것인지도 모르겠다. 어머니는 무남독녀 외동딸. 외할아버지는 아버지를 데릴사위로 맞아들였다. 그래서 나는 출생지도 외갓집이었다. 그러나 외할아버지가 내가 네 살 되던 해 늑막염을 앓다가 가산을 축낸 채 세상을 떠나셨다. 그 시절은 광복이 되어 어수선한 때라서 좋은 약을 구할 수 없어 그렇게 세상을 떠나고 마신 것이다.

외할아버지가 돌아가시자 외할머니는 갑자기 혈혈단신이 되셨다. 그렇다고 주변에 일가친척이 있었던 것도 아니다. 궁여지책으로 내가 외할머니와 함께 살게 되었다. 외할머니와 나의 나이 차이는 35년. 외할머니가 어머니를 16세에 낳고 어머니가 나를 19세에 낳아서 그렇게 된 것이다.

38세에 청상과부라니! 살던 집까지 병치레로 팔았으므로 남의 집 빈방 하나를 얻어서 살았다. '접방살이'라 했다. 나는 외할머니의 빈 젖꼭지를 빨면서 잠이 들었고 내내 외할머니의 늦둥이 아이처럼 양육되었다. 집안은 늘 고적했다. 다행히 외할머니는 언문을 읽을 줄 아는 분이라 나에게 이야기책을 많이 읽어주셨다. 옛날이야기도 많이 해주셨다.

그런 외할머니가 마냥 좋았다. 그냥 나는 외할머니의 아들이었다. 아버지네 집 식구들이나 형제들과는 전혀 다른 삶의 방식이 외갓집에는 있었다. 나는 언제나 집안의 중심이었고 무엇이든 내 뜻대로 이루어졌다. 분위기가 고적할 수밖에 없었다. 이러한 특수 상황과 고적함 속에서 나는 어쩔 수 없이 내면적인 아이로 성장되었던 것이 아니었나 싶다.

외할머니는 나에게 저절로 모성이었다. 거부할 수 없는 산악이거나 편안한 들판 같은 분이었다. 그러므로 나에게는 모성이 두 분인 셈이다. 외할머니는 보다 말랑말랑한 모성이고 어머니는 조금쯤 딱딱한 모성이다. 그래서 나는 뒤에 "외할머니는 둥글고 어머니는 네모지다"고 쓴 일이 있다.

평생을 내가 시를 쓰는 사람일 수 있었던 것은 오로지 어린 시절 외할머니의 양육과 외갓집의 분위기 탓이다. 그분의 온갖 설움과 온갖 고달픔과 한숨이 어린 나에게 전승되어 자연스럽게 내면이 세심하고 나약하고 곡절이 있는 아이로 성장해야만 했던 것이다. 그러고 보면 내가 시인이 된 것에 있어서 이유가 없었던 것은 아니다. 돌아보면 내 시인으로서의 출발점 그 시원에는 젊으신 외할머니가 웃고 계신다.

3. 꿈꾸는 나무

내가 맨 처음 시다운 시를 안 것은 중학교 2학년 때의 겨울철, 동급생이 들려준 박목월 선생의 「산이 날 에워싸고」였고 다시금 시집으로 읽은 것은 고등학교 1학년 시절 신석정 선생의 초기 시집 두 권과 『청록집』을 통해서였다. 그런 책을 읽으면서 '아, 시라는 것이 이렇게 사람의 마음을 잘 나타낼 수 있는 좋은 것이구나.' 하는 걸 아슴푸레 알게 되었다.

내가 다닌 학교는 공주사범학교. 고등학교는 고등학교지만 일반 고등학교가 아니라 졸업을 하면 바로 초등학교 교사가 되는 특수 고등학교였다. 다른 학교와 달리 남녀공학이었고 별나게도 우리 학년은 남학생보다 여학생이 곱으로 많았다. 학교 분위기가 여학생 중심으로 흘렀고 초등학교 교사가 되기 위한 교육 과정으로 구성되어 있었다.

애당초 나는 사범학교를 원하지 않았다. 아버지의 권유에 따라 사범학교에 들어간 것이다. 학교 분위기도 그렇고 학교 공부도 맘에 들지 않았다. 거기다가 나는 당시 심한 열등의식에 시달리고 있었다. 그것은 어쩌면 사춘기의 고뇌 같은 것이었는지도 모른다.

우연한 기회에 같은 학년 여학생을 좋아하게 되었다. 그녀는 고향의 중학교 동창이기도 했는데 해사한 얼굴에 검고 짙은 눈썹이며 맑은 이마가 매우 곱상한 소녀였다. 약간의 백치미까지 갖추고 있어서 매력적이었다. 그것은 무조건적인 연모였다. 하지만 3년 내내 바라보기만 했던 애달픈 날들이었다.

그녀는 장미꽃들이 피어 있는 화원이나 노랗게 물든 가을의 은행나무 밑을 친구들이랑 짝지어 다니며 웃고 있었고 나는 그러한 그녀를 멀찍이 바라보기만 했다. 날마다 그녀를 볼 수 있던 건 아니다. 어쩌다 복도나 운동장, 교실을 스치며 그녀를 만나는 날은 가슴이 한껏 부풀고 바닷물처럼 출렁대는 날이었다.

그러한 행운의 날, 나는 하숙집에 돌아와 그녀에 대한 나의 마음을 어떻게 하면 표현할 수 있을까 고심하다가 끝내는 시로밖에는 표현할 수 없다는 결론에 이르렀고, 지금껏 읽었던 시인들의 시를 흉내 내기 시작했다. 결국은 그것이 내 시 쓰기의 시작이 되었다. 한 소녀를 사모해 내 마음을 표현하고 싶어서 생각해낸 것이 시였던 것이다.

고등학교 1학년 때부터 〈현대문학〉이란 문학 잡지를 구독해서 읽었다. 더러는 〈자유문학〉을 사서 보기도 했다. 어느 사이나는 학교 선생님들과 학생들 사이에 괴짜가 되어 있었고 문제학생이 되어 있었다. 소식을 듣고 고향의 아버지도 걱정하셨다. 하라는 선생 공부는 안 하고 엉뚱하게 시인 공부만을 하는 어린아들이 이해가 가지 않았던 것이다. 그렇지만 나는 일단 정한시인으로의 길을 포기할 수 없었다.

그것은 참 이상한 유혹이었고 끌림이었다. 그것은 면역력 없는 바이러스였고 거부하기 힘든 마약이었다. 정말로 그것은 그무엇으로도 대체 불가능한 은밀한 세계와 그 약속 같은 것이었다. 그렇게 한 소녀와 시에 빠져서 지내는 동안 3년이란 시간이흘렀고 나는 '꼬마시인'이란 별명을 얻었다. 그러나 나는 그 3년을 '꿈꾸는 나무'로 살았다고 생각한다.

4. 신춘문예

지금도 그렇지만 나의 문청 시절 문단에 나가는 방법은 두 가지였다. 하나는 문학잡지 추천이었고 하나는 신문의 신춘문예 당선을 통해서이다. 본래 나는 고등학교 때부터 구독했던 〈현대문학〉의 추천을 통해서 시인이 되고 싶었던 사람이다. 그 잡지를 통해 허영자 같은 시인이 데뷔하는 것을 눈부신 마음으로 보았다.

나에게 문단 등단의 기회는 쉽게 찾아오지 않았다. 그동안 〈세대〉란 잡지에 내 시가 한 번 종심에 올라간 적이 있기는 있었으나 그냥 시골에 묻혀 혼자 읽고 혼자서 쓰는 것이 나의 유일한 시 공부였다. 사범학교를 어렵게 졸업한 나는 1년 동안 이곳저곳을 떠돌며 허송세월하다가 1964년 경기도의 한 학교 교사로 발령받을 수 있었다. 그 학교에서 2년 조금 넘게 아이들을 가르치다가 1966년에 육군에 입대하여 논산훈련소에 근무하면서 많이 때를 묻히고 헛바람까지 들어서 나는 월남 파병을 자원하게 되었다.

그러나 월남에서도 곱게 근무하지를 못하고 이상한 도난 사건에 연루되어 억울하게도 영창 생활까지 경험하게 되었다. 결국은 조기 귀국 조치를 당하여 귀국해서 제대하고 다시금 학교로 복직했으나 이미 나는 예전의 그 순진한 시골 청년이 아니었다. 일단 한 번 전쟁터를 다녀온 입장이라 정신적으로나 육체적으로 많이 껄렁하고 거칠고 그랬다. 생애를 두고 가장 나답지 않고 가장 어울리지 않는 시절이 있다면 바로 이 시절이다.

게다가 나는 새로 부임한 학교에서 한 여선생님을 만나 그녀에게 마음을 빼앗기고 저돌적으로 프러포즈했으나 딱지를 맞은 일이 생겼다. 그 일은 나에게 심각한 충격을 주었다. 아, 이것이 아닌데 그러면서 일시에 모든 것들이 무너지는 듯한 충격이었다. 무언가 위로가 필요했고 피신처가 요구되었다. 여기서 또다시 생각해낸 것이 시였다. 시는 이렇게 나에게 생애의 위기 때마다 동원된 가장 좋은 해결 방안이 되었다.

객지에 저대로 놔두면 안 되겠다 싶었던지 고향의 부친이 나서서 나를 다시 충청도 학교로 불러 내렸다. 고향 가까운 학교. 그러나 통근이 어려워 외할머니가 다시 오셔서 밥을 해주시고 계셨다. 그러고 보면 외할머니는 그렇게 인생의 위기 때마다 나를 따라다니며 고생을 하신 분이다. 공주에서 사범학교를 다닐 때 1년, 군대에 입대하기 전 경기도에서 1년을 힘들게 함께 살면서 밥 해주셨는데 또 이렇게 고생을 하시게 된 것이다.

결국 그 학교에서 1971년 〈서울신문〉 신춘문예 당선 시를 썼다. 학교가 있는 그 마을은 자연이 아름다웠다. 주변에 대숲이 많았고 소나무숲도 우거져 있었다. 객지에서도 실패하고 돌아온 청년에게 자연은 자애로운 부형이었으며 변함없이 정다운 친구였다. 나는 자연이 내미는 손을 거절하지 않고 잡았다. 뼛속 깊이 자연의 숨소리가 밀려들어 왔다.

잠이 오지 않아 뒤척이는 밤이 여러 날 되풀이되었다. 그런 밤이면 대숲을 후리고 가는 세찬 소나기 소리를 듣고 사운대는 밤바람 소리에 귀를 모았다. 꿈결에도 나는 나를 버리고 가는 여선생을 다시 만나 흐느껴 울어야만 했다. 끝내는 그 눈물이 나를 조금씩 정상적인 인간으로 이끌어갔다. 3년간의 군대 생활, 특히 월남에서 근무하면서 몸과 마음에 묻힌 때꼬장물을 그 눈물이 조금씩 벗겨주고 있었다.

돌아보면 참으로 아찔하도록 고마운 일이다. 그때 내가 그 여선생으로부터 선택되었다면 군대 생활에서 얻은 허물을 영영 벗을 수 없을 뻔했다. 오늘에 이르러 그 여선생님이 은인이다. 그 여선생님이 나를 버렸기 때문에 내가 살았다. 뿐더러 시인이 되기도 했다. 세상의 일, 사람의 일이란 이렇게 쉽게 판명되지 않는 면이 있고 이런 데에 신의 비밀스러운 계획과 알 수 없는 약속이 있다.

5. 결핍의 축복

이 땅에서 봄이 봄일 수 있는 것은 추운 겨울이 선행되기 때문이다. 만약 겨울이 앞장서지 않는 봄이라면 봄의 감격이나 환희는 반감되고 또 반감될 것이다. 꽃은 사라짐으로 비로소 꽃이고 춥고 어두운 겨울의 터널을 지나와야만 꽃이다. 그래야 보다 빛나는 빛깔의 꽃으로 탄생하는 것이다.

실제로 비닐하우스 농사를 짓는 사람들 얘기를 들어보면 딸기나 오이, 토마토 같은 작물을 심고 어느 정도 자리를 잡고 자라게 되면 일부러 비닐하우스를 열어 찬바람을 쐰 다음 다시 난방을 해준다고 한다. 그래야 작물들이 꽃을 피운다고 한다. 일종의 속임수요 겨울 효과를 내는 것이다. 작물들 입장에서 겨울은 하나의 수난이고 죽음이고 수면 상태인 동시, 위기 상황이다. 이러한 기간을 통해서 작물들은 꽃을 피우고 열매 맺고 싶어 하는 간절한 욕구를 회복하게 된다. 전화위복인 셈이다. 이것을 나는 결핍의 축복이라 부른다. 일단의 결핍이 있었기에 그다음에 축복이 찾아온다는 얘기다.

이 같은 결핍과 축복의 함수관계는 우리 인간에게도 마찬가지고 시 쓰는 사람인 나에게도 적용된다. 그동안 내가 그래도 괜찮다 싶은 시를 쓴 것은 어김없이 인생의 위기 상황, 그러니까 결핍의 과정을 거친 다음의 일이다. 오랫동안 시를 써온 나로서는 웨이브가 있었는데 상승곡선이 결핍 다음에 주어졌다는 얘기다.

먼저 데뷔작인 「대숲 아래서」가 그랬으며 그 뒤의 상황도 마찬가지다. 1979년 흙의문학상 본상을 받은 작품인 「막동리 소묘」도 갓 결혼한 아내의 여러 차례 수술과 투병 생활, 그리고 강원도의 시인 이성선을 방문하여 받은 충격과 각성이 나로 하여금 그 같은 장편의 시를 쓰도록 종용했다.

그다음 현대불교문학상을 받은 「기쁨」이나 박용래문학상을 받은 시집 『슬픔에 손목 잡혀』나 시와시학상을 받은 시집 『산촌 엽서』, 편운문학상을 받은 『쪼끔은 보랏빛에 물들 때』 시편들, 한국시인협회상을 받은 시집 『눈부신 속살』, 정지용문학상의 『세상을 껴안다』, 소월시문학상을 받은 『마음이 살짝 기운다』, 김달진문학상을 받은 『어리신 어머니』 등 하나같이 그것들은 인생의 고난이 선물한 결과물들이다.

인생이란 것도 그렇고 시라는 것도 그렇고 어느 것 한 가지도 공짜가 없다. 그 뭣이든지 값비싼 대가를 우리에게 요구하게 되어 있다. 그러므로 언제든 우리에게 수난이 오고 문제가 생기면 공손히 그것을 맞이할 필요가 있다. 그것을 마치 김치를 삭히듯 가슴속에 간직하고 있다 보면 무언가 좋은 것으로 바뀌는 날이 분명 오게 될 것을 믿어야 한다. 좋은 시, 그것은 식물에서와 마찬가지로 결핍의 축복 그것이다.

6. 3인행

공자님의 책 『논어』를 보면 "3인행(三人行)이면 필유아사(必有我師)"란 말씀이 나온다. 인간은 인간 사이에서 인간이고 그 사이에 스승으로 따르고 배울 만한 벗이 분명 있다는 말씀인데, 나는 그동안 글 쓰는 사람으로 살면서 이 '3인행'의 실험을 여러 차례 하면서 살았다. 사람이 둘일 경우는 그것으로 종결이 나고 만다. 단짝 친구가 그렇고 애인이나 부부 관계가 그렇다. 그러나 세 사람이면 무언가 좀 모자란 것이 있는 것 같고 발전의 여지 같은 것이 있어 보인다.

먼저 고등학교 시절의 3인행이다. 나는 글공부를 하면서 학급에서 나처럼 책을 좋아하고 글을 쓰는 친구를 찾았다. 다행히 두 사람의 친구를 발견할 수 있었다. 한 사람은 김영준이란 친구이고 한 사람은 김기종이란 친구다. 우리는 자주 만났다. 어쩌면 내 편에서 자주 그들을 찾아 만나고 세 사람의 모임을 주선했는지 모른다. 나름대로 강한 유대감을 느낄 수 있어서 좋았다.

김기종(뒤에 개명하여 김동현)은 나보다는 한발 늦게(1977년) 〈중앙일보〉 신춘문예에 시가 당선되어 시인이 되었다. 사법고시와 행정고시에 동시에 합격하여 등기소장과 변호사를 지냈으며, 개인적으로는 나의 누이와 결혼하여 매제가 된 친구이기도 하다. 그와는 〈바람에게 구름에게〉 이름으로 2인 동인지를 두 차례에 걸쳐 내기도 했는데 그것은 등사 방식으로 만든 100부 한정판 책이었다.

그리고 또 한 사람 김영준은 문학의 길에서 학문의 길로 선회하여 중등학교 준교사 시험에 두 과목이나 합격하여 중등학교 교장까지 되었다. 그런데 그만 이 친구도 교직 말년에 뇌졸중으로 쓰러져 명예퇴임을 하고 현재는 노인병원에서 요양 중이다.

그다음의 3인행은 구재기, 권선옥 시인과 함께한 3인행이다. 이들은 모두 내가 주선하여 〈현대시학〉의 추천을 통해 시인이 된 충청권의 시인들인데 말하자면 문학의 아우뻘이 되는 시인들이다. 이들과 나는 1972년부터 〈새여울〉이란 동인회를 함께 했을뿐더러 1979년에는 『모음』이란 합동시집을 내기도 했다. 이러한 모임이나 만남을 통해 나는 스산하고 쓸쓸한 인생길, 아니면 문단 생활 가운데 많은 위로와 따스함을 느꼈던 것이 사실이다.

그다음의 3인행은 송수권, 이성선과 3인행이다. 이성선은 1972년 〈시문학〉으로 등단한 속초 출신 시인이고 송수권은 1975년 〈문학사상〉으로 등단한 광주 출신 시인이다. 나처럼 지방에 살고 있을뿐더러 전통 지향 내지는 자연 정서에 입각한 시를 쓰고 있었으므로 서울의 잡지 편집자들, 일테면 정진규 주간이라든지 김재홍 평론가 같은 분들이 이러한 점을 주목해 주었다. 어느 사이 우리 세 사람은 서로 만나게 되었고 친하게 되었고 문단에서도 자연스럽게 우리 세 사람을 묶어서 평가해주었다.

그것은 행운이었고 행복한 나날이었다. 그렇게 20여 년 세월이 꿈처럼 흘렀다. 그러다가 그만 이성선이 덜컥 세상을 떠나고 말았다. 2000년 5월, 속초의료원에 마련된 이성선의 빈소에 다녀온 뒤 우리의 3인행은 그만 깨지고 말았다. 애당초 셋이서 만났던 관계라서 두 사람만으로는 어딘가 모르게 부자연스러웠다. 이런 느낌을 송수권은 "에이 둘이서만 뭔 재미로 만나!"라고 일갈하여 표현하고 있었다.

결국은 그 송수권마저 2016년 지병으로 세상을 떠나게 되어 나만 혼자 외롭게 세상에 남게 되었다. 하지만 그 뒤에도 나는 좋은 문학의 벗들이 있어서 크게 외롭지 않게 지내고 있다. 고마운 일이다. 2020년에는 박목월 선생의 시적 영향을 받은 시인들이 모여 합동시집을 출간하게 되어 커다란 위안이 되기도 했다. 그것은 권달웅, 유재영, 이준관 시인과 어울려 낸 『산도화

꽃 그늘 아래』(동학사)란 이름의 합동시집이다. 이성선 시인이 돌아간 뒤 2001년 문학사상사에서 내준 공동시집 『별 아래 잠든 시인』과 함께 나에게는 소중한 문학적 기념물이다.

7. 학(學)인가 예(藝)인가

최근 서점가를 살피든, 문학잡지나 출판계 사람들 얘기를 듣든 문학의 독자가 눈에 띄게 감소된 것은 사실이다. 도대체 책이 안 팔린다는 말들을 한다. 시집은 더욱 안 팔린다고 그런다. 시집이 안 팔리고 독자들로부터 외면을 당한 건 어제오늘의 일이 아니다. 시문학의 속성상 그렇고, 내가 문학을 처음 공부하던 1950년대나 60년대에도 마찬가지였다.

이렇게 시작품이 독자들로부터 외면을 당하게 된 것은 시 소비자들보다는 시 생산자들한테 보다 더 큰 이유가 있지 싶다. 문학 강연을 다니면서 보면 독자들, 특히 학생들은 여전히 좋은 시를 읽고 싶어 하고 시에 대한 이야기에 갈급해 있는 걸 알 수 있다. 문제는 시가 너무 어렵다는 것이다. 마음에 위로가 되지 않고 도움이 되지 않는다고 호소한다. 정말로 아무런 도움도 되지 않는 시를 왜 시간 버리면서 힘겹게 읽겠는가. 이 점을 시인들은 심각하게 고민해야 한다.

내가 보기에도 오늘날 시가 지나치게 까다롭다. 오로지 개인적인 담론에 갇혀 있는 느낌이 강하다. 일테면, 소통이 되지 않는다. 시에서 중요한 것은 개성이고 보편성이다. 무턱대고 보편

성만을 주장해서도 안 되겠지만 개성만 강조해서는 외연의 폭이 좁아지게 마련이다. 그 두 개가 고르게 잘 살아 있어야 한다. 그런 점에서 오늘날 시인들은 제멋대로이고 고집불통이고 오만방자함이 지나치다.

여기에서 시를 어떻게 보고 어떻게 대하느냐 두 가지 태도나 입장을 상정할 수 있겠다. 한편은 따지면서 시를 대하는 입장이고 또 한편은 느끼면서 시를 대하는 입장이다. 전자는 이성적, 분석적 입장으로 주로 시를 학문의 대상으로 삼는 사람들이다. 이 사람들은 머리로 시를 생각하고 관념에 치중한다. 그런 반면, 후자는 감성적, 통합적 입장으로 주로 시를 예술의 대상으로 삼는 사람들이다. 이들은 가슴으로 시를 생각하고 느낌에 치중한다.

두 가지 입장이 다 존재 가치가 있고 중요하겠지만 시를 위해서는 후자가 더 중요하다고 보는 것이 나의 생각이다. 한데 오늘날 우리 시단을 주도하는 사람들이 대부분 시를 학문의 대상으로 안내하는 데서 시가 자꾸만 까다로워지고 난해해지고 건조해지고 답답해지는 것이다. 시가 생산된 뒤에는 학문의 대상이 될 수도 있겠다. 그것은 평론가들의 몫이다. 그러나 생산과정에서는 철저히 예술의 입장에 서야만 한다. 이 점을 시인들은 망각해서는 안 된다.

그런데 자꾸만 시인들이 평론가의 눈치를 보니까 엉뚱깽뚱한 시를 써내는 것이다. 시인 자신들조차도 잘 모르고 스스로도 무

감동인 시들을 양산하는 것이다. 적어도 시는 분석이나 이해 그 너머의 아득한 세계이다. 인간에게 영혼이 있다는 분명한 증거가 바로 인간의 언어이다. 이 언어로 표현된 가장 좋은 자료가 문학작품이고 문학작품 가운데서도 에센스가 또 시작품이다. 그러므로 시작품 안에는 필수적으로 영성이 들어 있어야 한다. 그렇지 않고서는 오래 남는 시가 되기 어렵다.

예부터 금잔옥대(金盞玉臺)란 말이 있다. 한 편의 시작품을 볼 때 금잔(金盞) 부분이 있을 수 있고 옥대(玉臺) 부분이 있을 수 있다. 그 두 가지가 다 필요하고 중요하되 보다 중요한 것은 금잔 부분이다. 옥대 부분이 인간의 말로 이루어진 것이라면 금잔 부분은 신의 말로 이루어진 부분이다. 신이 주시는 문장이다. 인간의 능력으로 어쩔 수 없는 언어 조합이란 말이다. 정말로 좋은 시라면 이런 금잔 부분이 있어야 한다.

시를 일러 "동천지 감귀신 막근어시(動天地 感鬼神 莫近於詩. 천지를 움직이고 귀신을 감동시키는 데는 시보다 더 좋은 것이 없다)"라고 기록한 것은 『시경』의 내용이다. "시중유화 화중유시(詩中有畵 畵中有詩. 시 속에는 그림이 있어야 하고 그림 속에는 시가 있어야 한다)"라는 말은 역시 중국 송나라 때 소동파의 것이다. 이런 좋은 말들을 아는 것은 중요하다. 그러나 그보다 더 중요한 것은 이러한 말을 그대로 따르고 실천해 나가는 일이다. 아는 것이 학(學)이라면 행하는 것은 습(習)이다. 학은 한 번으로 가능하지만 습은 평생을 두고 반복적으로 실천해야만 가능하다. 학은 또 지(知)이고 습은 또 행(行)이다. 지도 중요하지만 행은 더욱 중요하다.

오늘날 우리가 지나치게 학에만 매달리고 습은 멀리하는 게 아닌가, 반성해볼 필요가 있다. 역시 행보다는 지에 치중하는 게 아닌가, 살필 필요도 있다. 시인에게 시는 학문의 대상이 아니고 예술의 대상이란 것을 철저히 재인식해야만 한다. 그것이 바로 독자를 울리고 자신을 울리고 나아가 '동천지 감귀신'으로 나가는 지름길이다.

8. 시인의 촌수

촌수는 친족끼리 얼마나 그 관계가 가깝고 먼가를 따지는 숫자를 말한다. 나는 문학소년 시절부터 시를 읽고 좋아하는 시인을 알아가면서 이 시인과 내가 얼마나 가까운 사람인가를 생각하면서 읽곤 했다. 문학사를 읽으면서도 나의 시는 어느 흐름에 놓여야 적당한가를 가늠하면서 읽곤 했다. 지금 와서 되돌아보면 부질없는 일이고 엉뚱하기까지 한 일이지만 이러한 나의 관심과 노력은 꽤나 나의 시인적 위치 설정에 도움을 주었던 것이 사실이다.

이러한 촌수 계산 내지는 촌수 의식에 따라 한용운 선생이나 김소월 선생은 나의 할아버지쯤 되고 박목월 선생은 아버지쯤 되고 신석정 선생이나 서정주 선생은 당숙이거나 큰아버지, 김영랑 선생은 더 큰아버지뻘쯤 되고 조금 내려와서 박재삼 선생이나 박용래 선생, 이형기 선생은 삼촌이거나 큰집 형님쯤이고 허영자 선생은 단연 누님에 해당한다. 그런 동시에 오세영이나 이건청 같은 시인들은 당연히 형님으로 불려 마땅한 시인들이다.

만약 여기에 해금 시인들까지 보태졌다면 나의 시인적인 촌수는 더욱 확대되었을 것이다. 백석, 이용악, 정지용, 김기림 같은 이름들이 그분들이다. 또한 문단적 촌수와는 관계없이 좋아했던 시인들로는 박두진, 조지훈 선생 같은 청록파 시인들, 신춘문예 심사자인 박남수 선생, 유치환 선생 같은 생명파 시인, 윤동주 선생이나 장만영 선생은 물론 조병화, 김춘수, 한하운, 김종길, 박희진, 고은, 신경림, 민영, 천상병 선생들을 또한 빠트릴 수 없겠다.

관점에 따라서는 별 허접스러운 촌수 계산도 다 있다 그럴 것이고 이런 나를 보고 호사가라 핀잔을 주는 분들이 있을지도 모르는 일이다. 그러나 나는 그러거나 말거나 내 나름대로 생각하고 세상을 짚어가면서 살아간다. 시에 대해서도 마찬가지다. 이런 점에서 내 생각과 관점은 매우 확고한 편이다. 시적인 경향과는 달리 나는 생전에 몇몇 좋은 선배 시인들을 만난 것을 매우 다행스럽게 여긴다.

첫 번째 분은 전봉건 선생이다. 이분은 북한에서 월남해온 분으로 생전에 〈현대시학〉을 창간, 주간의 일을 오래 했던 분이다. 모더니즘 계열의 시인이었지만 결코 서정성을 외면하지 않앉던 시인이라서 두루 독자들에게 환영받았던 시인이다. 선생을 알게 된 것은 나의 신춘문예 심사자이기도 하셨던 박남수 선생을 통해서였는데 기회 있을 때마다 나의 작품을 잡지에 발표해주시면서 용기를 주었고, 첫 시집 『대숲 아래서』를 제작해주시기도 했다. 내가 계약조건을 위반하면서까지 무리한 요구를 했을 때 그러한 요구들을 모두 다 들어준 분이다. 도량이 넓은 분이라 하겠다. 그런데 이분의 문학작품과 문단적 노력이 사후에 점점 잊히고 정당하게 평가받지 못하는 것이 못내 안타까운 심정이다.

두 번째 분은 정한모 선생이다. 정한모 선생은 서울대학교 국문과 교수를 하시면서 한국문예진흥원장, 한국방송통신대학장을 겸하면서 나와 직간접으로 인연이 닿았다. 내가 흙의문학상 본상을 받을 때 앞에서 말한 전봉건 선생과 함께 적극적으로 나를 밀어준 분이었고 또 내가 뒤늦게 통신대학을 통해 대학 공부를 하기 시작할 때 장학금을 주신 분이 바로 정한모 학장이셨다. 인간적으로 포가 크고 따뜻하여 많은 후학들이 흠모하며 따르곤 했던 기억이 난다. 나는 비록 서울대학교 근처에도 가보지 못한 사람이지만 정한모 선생을 통해 서울대 국문과 교수들을 여러분 만나기도 하였다.

세 번째 분은 김남조 선생이다. 김남조 선생은 내가 처음 시를 공부할 때부터 마음속으로 좋아했던 분인데 문단에 등단한 이후 드문드문 뵙게 되다가 중년 이후 인간적으로 가까워지게 되었다. 그러다가 더욱 가까워진 것은 내가 2007년 큰 병을 얻어 널브러졌을 때 선생께서 대전의 병원으로 문병을 오시면서였다. 다시 서울 아산병원에 입원했을 때에도 제일 먼저 문병와 주셨을뿐더러 위기 때마다 위로와 기도를 주어서 아픈 사람을 도우셨다. 이런 과정을 통해서 나는 이분에게 커다란 영력이 숨어 있다는 것을 알게 되었다. 그래서 그 이후부터는 선생을 마음의 어머니라고 모시며 살고 있다. 매우 행복한 일이다.

네 번째 분은 무산 조오현 시조 시인이다. 이분은 속세를 벗어난 불교의 승려로서 개신교 신자인 나 같은 사람과는 인연이 닿지 않는 분이다. 그런데 1996년 백담사에서 열린 제1회 만해시인학교에서 대뜸 나를 알아보고 "나 형, 나 나 형을 좋아하오. 한번 절집에 놀러 오시오."라고 말씀하셨다. 그런 뒤로는 제2회 현대불교문학상을 주시기도 했다. 어딘지 내가 모르는 아주 깊고도 아늑한 곳에 서로 좋아하는 스님 한 분 계시다는 것은 그 자체만으로도 세상을 살아가는 반짝이는 마음을 준다. 역시 행복한 일이다.

9. 샘물과 저수지

어언 나의 시력 50년을 넘기고 있다. 어린 시절 누구나 그랬던 것처럼 나도 요절을 꿈꾸는 젊은이였다. 산다면 30이나 40이 내가 살 수 있는 맥시멈 나이라고 여겼다. 그런데 이제 80세 가깝게 되었으니 아무래도 요절이란 것은 가당치 않은 것 같고 그냥 버티는 데까지는 버텨봐야겠다는 생각이니 이것도 분명 노인의 고집처럼만 느껴진다.

어쨌거나 이렇게 나의 시력 50년을 전반부와 후반부로 25년 씩 나누어 볼 때, 서로 다른 시적인 특성이 있어 보인다. 앞부분 25년은 선배 시인들의 시나 고전을 통하여 배운 시적인 기량을 나의 내부에서 솟아오르는 감흥과 혼합하여 생산해낸 시기라 할 수 있겠고, 뒤의 시기 25년은 또 타인들의 삶을 통해 함께 해 온 여러 가지 연대 의식과 거기서 우러나오는 정서를 시로 표현 한 시기라 할 수 있을 것이다. 그래서 나는 앞의 시기를 '샘물의 시기'라 부르고 뒤의 시기를 '저수지의 시기'라 부르고 싶다.

샘물의 시기는 개성이 강한 시기요 내부적으로 구성이 단단 한 시기다. 작품성 또한 높았다. 언어는 사어(私語)에 가깝도록 특별했고 모가 나기도 했으며 나름 독한 향을 지니기도 했을 터 이다. 내용이나 기법 또한 헌칠하게 뻗어나갔을 것이다. 그러나 이 시기는 아집이랄지 자기주장이 강하여 독자와 연결고리가 약한 것이 결함이기도 하다.

저수지의 시기는 자기 이야기에다가 타인의 이야기를 더하는 시기이다. 본래 가진 샘물이 있으므로 자기 특색을 잃지 않으면 서 다른 사람의 체험이나 정서, 분위기 같은 것들이 함께하다 보니 시의 구성이 조금은 헐렁해지기도 할 것이다. 그렇지만 독 자와의 관문이 넓어지고 교통이 빈번해진다. 여기서 감동의 폭 이 생기고 독자의 수도 증가하게 된다. 나 한 사람의 시는 나 한 사람의 시로 끝나지 않고 많은 사람의 것으로 공유된다. 외연의 폭이 확장된다. 심한 경우에는 폭발이 일어나기도 한다.

시인에게는 이렇게 샘물의 시기도 있고 저수지의 시기도 있게 마련이다. 두 가지 모두가 중요한 역할을 담당해준다. 다행히 나에게는 전반부 샘물의 시기도 좋았고 후반 저수지의 시기도 좋았다고 자평한다. 감사한 노릇이다. 나의 작품 가운데 많은 독자들이 선택해주는 「풀꽃」이나 「행복」, 「멀리서 빈다」 같은 작품들은 후반부 저수지의 시기에 나온 작품들이라 하겠다.

10. 교과서에 실린 시

나는 그동안 한 번도 초·중등학교 국어과 교과서에 시작품이 수록되지 못한 시인이다. 주변의 아는 시인들이 교과서에 시가 실렸다고들 자랑삼아 말할 때도 나는 머쓱하니 침묵해야만 했다. 그것도 스트레스였다. 교과서를 만드는 분들과의 알음알이가 없어서 그랬을까. 작품이 부실해서 그랬을까. 좌파든 우파든 확고한 포지션이 없어서 그랬을까. 어쨌든 나는 43년 초등학교 교직 생활을 마감할 때까지 한 번도 나의 작품이 교과서에 오르지 못했다. 그런 점에서 나는 상당히 굼뜬 시인이고 불우한 시인이었다.

그런데 교직을 정년퇴직하고 큰 병을 앓고 난 뒤에 한꺼번에 여러 편의 작품이 들쑥날쑥 교과서에 오르게 되었다. 초등학교 2학년 읽기 교과서에 「풀꽃」이 들어간 것을 필두로 해서 중학교 교과서에 「풀꽃」, 「바다에서 오는 버스」, 「강물과 나는」이 들어가고 고등학교 문학 교과서에 「촉」과 「사는 일」이 들어가고 나아가 「길을 걷는다는 것」이라는 수필 한 편까지 중학교 국어과 교과서에 들어간 것이다.

이 같은 현상은 전혀 예상치 못했던 일로서 나 자신조차 놀라운 일이었다. 시인으로서 학교 교과서에 작품이 실렸다 해서 그 작품이나 시인 자신에게 별다른 변화가 생기는 건 아니다. 하지만 어린 세대들한테 작품이 읽힌다는 것은 매우 고무적인 일이요 감사한 일이다. 특히 한 시인으로서 작품이 대중들에게 알려지려면 이른바 '인구(人口)에 회자(膾炙)'되는 몇 편의 시가 반드시 있어야 한다.

시인의 대표작이라는 것도 시인 자신이 원하거나 정해서 그렇게 되는 건 아니다. 시인의 대표작을 결정하는 일은 어디까지나 독자들이 하는 일이다. 시의 주인인 시인이 아무리 우겨도 시의 객인 독자들이 그렇다고 그러면 그렇게 되는 것! 이 얼마나 무서운 일인가. 이런 데서 무릇 시인들은 숙연해지고 겸손해지게 마련이다. 시인의 이름을 댔을 때 독자들 입에서 머뭇거림 없이 튀어나오는 작품이 그 시인의 대표작이다. 이런 작품이 바로 인구에 회자되는 시이고 이런 시가 한 편이라도 있어야만 오랫동안 잊히지 않는 시인이 되는 것이다. 그런 점에서 나는 교과서에 들어간 나의 시들에게 감사하는 마음이고 그런 시들을 읽어줄 어린 독자들에게 감사하는 마음이 크다.